S c h r e i b z i r k e l
LeseZeichen

Auslese

Impressum

Illustrationen:
Maria Grunau   Seiten 48, 51, 54
Christine Fiedler   Seiten 11, 28, 33, 36, 44
Peter Schallje   Seiten 6, 19, 20, 22
Das große Buch der graphischen Ornamente
     Seiten 3, 9, 13, 16, 24, 29, 30, 40,
     43, 45, 59, 77
Porträts   privat

Bibliografische Information der Deutschen Nationalbibliothek:
Die Deutsche Nationalbibliothek verzeichnet diese Publikation in der Deutschen Nationalbibliografie; detaillierte bibliografische Daten sind im Internet über http://dnb.dnb.de abrufbar.

©2013
Schreibzirkel LeseZeichen Wismar

 Herausgeber:
Bibliotheksförderverein Wismar

Herstellung und Verlag:
BoD - Books on Demand GmbH Norderstedt

1. Auflage
ISBN: 9783732280636

Tageszeiten

Hell

leuchtet er

aufgestanden aus Dunkelheit

gibt er dir Kraft

Tag

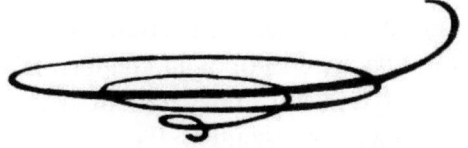

Christine Berning

Am Strand

Es war ein heißer Junitag.
Die Wetterfrösche erzählten etwas von ersten
Hochsommertemperaturen. Gleißendes Sonnenlicht
strahlte vom weißgetupften Himmel. Die Menschen
stöhnten unter dieser Hitze. Nur ein Bad in der
Ostsee konnte jetzt Abkühlung bringen.
Auch Lisa und Marcus wollten an den Strand. Sie
entschieden sich für die Wohlenberger Wieck. Man
war schnell dort und die Bäume unmittelbar am
Wasser gaben Schutz vor zuviel Sonnenschein.
Schnell packten beide das Badezeug zusammen und
los ging es. An der Wieck angekommen wurde das
Auto auf dem Parkplatz unter den Bäumen
abgestellt. Sie gingen über die Straße zum Strand.
Ein großer alter Baum spendete viel Schatten.
Hier machten sie es sich bequem. Lisa räkelte sich
auf der mitgebrachten Strandliege. Marcus wollte
noch Getränke besorgen. Eine Weile beobachtete sie
das Treiben am Strand und im Wasser, wo die Luft
flirrte und die Wellen glitzerten. Gut gebaute
Männer mit knackigen Popos in knappen Badehosen
stolzierten auf und ab, immer darauf bedacht, dass
die Mädels auch hinschauten. Es gab auch andere
Exemplare dieser Gattung. Sie mussten ihre Bäuche
einziehen, um eine gute Figur zu machen.

Langsam verschwand die Strandszene vor Lisas Augen. Sie döste vor sich hin. Wenig später bedeckte ein Schatten ihren Körper. Vor ihr stand ein Bild von einem Mann! Er war sehr groß, gut gewachsen und mit rauchiger Stimme und bezauberndem Lächeln fragte er Lisa, ob der Platz neben ihr noch frei wäre. Natürlich war er frei, für diesen Mann doch immer! Ihren Marcus hatte sie augenblicklich vergessen. Der Unbekannte legte sich, brachte seinen makellosen Körper in Position und begann nun auch noch ein geistvolles Gespräch. Lisa war wie verzaubert, hing an seinen Lippen, wollte kein Wort überhören. Ihre Hormone spielten verrückt. Ach, diesen Mann einmal in ihren Kissen, ihr würden viele schöne Spiele einfallen. Nun kam er auch noch näher und sie sah ihm in seine tiefblauen Augen. Es gab kein Halten mehr, Lisa begann heftig mit Supermann zu flirten. Beide fanden Gefallen an diesem Spiel. Ihre Blicke wurden tiefer und vielsagender. Lisa bekam immer erotischere Gedanken. Warum eigentlich nur Gedanken? Schnell war man sich einig. Lisa packte ihre Sachen und bedeutete diesem Modeltyp mit Waschbrettbauch mitzukommen. Flink lief sie zu ihrem Auto, dabei vergewisserte sie sich, ob er ihr auch folgen würde. Aufschließen, Sitze runterklappen, das war alles eins. Und nun begann für Lisa eine Reise in ein ihr unbekanntes Land. Dieser Apoll bedeckte ihren Mund mit heißen

Küssen, seine Zunge vollführte wahre Kunststücke auf ihrem heißen Leib. Ihr schwanden die Sinne!

„Lisa, Lisa!", hörte sie es wie aus weiter Ferne rufen. Marcus stand vor der Liege und sagte: „Stell dir vor, ich habe eben Sven getroffen. Den hättest du nicht wiedererkannt. Er war auf einer Schönheitsfarm. Hat dort wohl auch einiges richten lassen. Ich soll dich grüßen. Sven hat vor dir gestanden, aber du hättest so schön geschlafen. Er wollte dich nicht wecken."

Peter Schallje

Am nassen Strand

Endlos lang am Ufersaume,
einsam, weit der weiße Sand.
Wellen wischen drüber hin,
wechselnd stumpf und wieder blank.
Wie ein Schiff in höchster Not
dreht sich weiße Muschelschale,
schwebt bald auf dem feuchten Strand,
spült zurück ins Wassertale.

Ganz verloren in Gedanken
ritz ich mit der Muschel Rand
Eine schlanke Traumfigur in den glatten,
weißen Sand.
Höre wie die kleine Welle leise,
doch vernehmlich zischt
und mit leichter, feuchter Hand,
sieh nur, die Figur verwischt.

Glatt, als wäre nichts gewesen,
glänzt der Sand mit mattem Schimmer.
Hier gilt nicht des Menschen Wille,
hier gewinnt das Meer wohl immer.

Peter Schallje

Gedanken

Aus dem Schatten dunkler Träume
steigen die Gedanken auf.
Gleichsam wie die Wolkenberge
sich verwebend, hoch hinauf.
Selbst so frei wie Vögel fliegen
hoch im hellen, blauen Firn,
bleiben sie doch eingefangen
hinter dunkler, hoher Stirn.

Aus der Helle wird bald Dunkel,
flammt ein Blitz daraus hervor,
wird zum Leben erst durch Worte,
wird durch Schrift doch erst gebor'n.
Eben noch bewahrt in Stille,
bald verworfen, bald gesagt,
schwebt er frei in weitem Raume,
wird geprüft und hinterfragt.
Wird nur fruchtbar aufgenommen,
wenn sich weit're dazu fügen.
Kann nicht mehr zurückgenommen,
ob nun Wahrheit oder Lügen.

Lass Gedanken nicht schnell fliegen,
lass sie länger noch verweilen,
dass sie nicht ganz unbedacht
in die Weite uns enteilen.
Können schaden mehr als nützen,
lass sie lang genug erst reifen,
dass sie uns vor Dummheit schützen,
dass auch alle sie begreifen.

Christine Fiedler

Das Gespenst im Garten

Vom Himmel lacht der Sonnenschein,
der Garten strahlt in sattem Grün,
ich fühl` mich wohl, mir geht es gut,
die Blumen duften, leuchten, blüh`n.

Ich leg` mich in den Liegestuhl.
Die Sonne scheint, es ist so schön
und ich versinke ganz darin.
Der Stuhl, ach ist ja so bequem.

Da, plötzlich raschelt`s neben mir,
es grunzt und schnauft und hustet gar,
ich bin erschreckt und fürcht`mich sehr,
wer ist denn das, droht mir Gefahr ?

Oh Gott, vielleicht ein Bösewicht,
ein Lustmolch, oh er will mir was,
steht lauernd lang schon hinter mir !
Ich dreh`mich um und bin ganz blass.

Doch keine Seele ist zu sehn`,
ein Rascheln hör` ich nur,
er läuft davon, versteckt sich schnell,
verbirgt sich gar die Kreatur ?

Am Abend kommt mein Mann nach Haus
und ich erzähl` ihm die Geschicht`,
er schüttelt sich und lacht mich aus,
du träumst sogar im Sonnenlicht.

Viel später dann auf dem Balkon,
die Bäume scheinen geisterhaft,
da hör` ich wieder das Geräusch,
er schleicht im Garten jetzt, wie grauenhaft.

Ich bin verwirrt und fürchte mich.
Was bist du für ein ängstlich` Huhn,
sagt er und nimmt mich in den Arm.
Wer sollte *dir* denn noch was tun ?

Der nächste Tag ist wieder schön,
erfüllt mit hellem Sonnenlicht
und meine Herzensangst vorbei,
ach was, Gespenster gibt`s doch nicht.

Ich leg` mich in den Liegestuhl,
ganz ruhig schlaf` ich ein.
Auf einmal grunzt und schnauft es laut,
schon wieder Angst und Pein.

Steh` zitternd, schlotternd, blass vor Angst.
Jetzt, jetzt, jetzt steht er hinter mir,
ich dreh` mich um…nichts,
doch da - ein Igel - nur ein kleines Stacheltier.

Peter Schallje

Der Tag

Hab ich den Tag, der mir geschenkt,
mit Geist und Herz auch dankbar angenommen?
Bin ich mit allen Sinnen auch bereit,
ist's sinnvoll was ich mir hab vorgenommen?
Macht er mich reifer, weitet er den Sinn,
lässt er auch Neues mich versteh'n?
Will ich zuviel, bin hungrig ich,
kann ich das Wesentliche sehn?

Und wenn die Sonne sinkt
wird mir der Tag genommen?
Nein, schau was Du geschafft
und morgen wird ein neuer kommen.

Jahreszeiten

Bunt

die Monate

festgelegt dein Lauf

die Zeit ist in Bewegung

Jahr

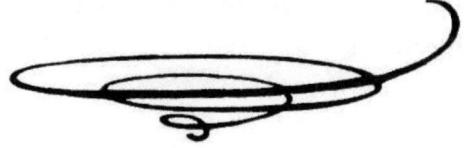

Christine Berning

Frühlingssehnen

Liebster, lass uns in Frühlingsluft ein paar
Schritte gehen
und nach den bunten Primeln sehen.

Liebste, muss noch an den PC, nach den E-
Mails schauen
und dann eine neue Website bauen.

Ach Liebster, habe so ein Sehnen im Herz,
das bereitet mir lieblichen Schmerz.

Ach Liebste habe bald für dich Zeit,
warte, ich bin gleich so weit !

Liebster, bin schon gegangen,
habe mir den Frühling und eine neue Liebe
eingefangen!

Christine Berning

Novemberschnee

Ganz plötzlich ist er da, fällt sacht
legt sich auf Baum und Ast.

Er bedeckt Blume und Strauch,
ist feucht und wiegt schwer,
verwandelt das Land in ein weißes Meer.

Es wird still ringsumher,
der Schnee schluckt alles Laute.

Nun bedeckt ein glitzerndes Gewandt,
die Stadt und das Land.

Es schneit bis tief in die Nacht.
Bin am Morgen erwacht –
fort war die weiße Pracht.

Ingeburg Kaschewski

Meeresspiele

Ein strahlender Rubin zersprüht im Meer,
verzaubert der wogenden Wellen Heer.
Im rotfunkelnden Gewand
die Abendsonne im Meer entschwand.

Ostseewellen murmelnd weiter ziehn,
die Sorgen des Alltags mit entfliehn.
Von der Größe des Schauspiels gebannt,
entdecke ich den Hühnergott am Strand.

Vor langer Zeit im Sand versenkt,
das Meer ihn mir soeben schenkt.
Du Wunder der Vergangenheit,
begleitest mich und meine Zeit.

Ingeburg Kaschewski

Der Gartenfreund

Erste warme Sonnenstrahlen im März
bringen Unruhe ins Kleingärtnerherz.
In den Garten eilt er munter
wandert darin rauf und runter.

Überlegt so hin und her
was jetzt schon zu machen wär.
Der Blumen Herbstschnitt holt er nach
und repariert das Laubendach.

Zweige schichtet er zu Hauf,
lockert den Rasen etwas auf.
Arbeit findet schon wer sucht,
bringt sie doch später reiche Frucht.

Frohgelaunt tritt er ins Haus,
für heute ist die Arbeit aus.
Hält das Wetter, geht's morgen weiter,
Gartenarbeit stimmt fröhlich und heiter.

Gesund ist sie für jedermann,
der sich rühren mag und kann.
Biokost, frisch selbst gezogen,
meinem Garten bleib ich gewogen.

Peter Schallje

Am Waldesrand

Ein Böckchen steht am Waldesrand, schaut zu dem
kleinen Hain.
Da kommt ein Mädchen angerannt, ganz blond und
ganz allein.
Sie ist so weit von ihrem Dorf, so weit von ihrem
Haus
und zieht schnell Strümpfe und das Hemd, ja auch
ihr Höschen aus.
Die Arme reckt sie in die Höh',
die Brüstchen keck sich heben,
ihr Körper glänzt im Sonnenlicht,
ein Sinnbild vollen Lebens.
Das Böckchen schaut, ein Weibchen ist's, das kann
er wohl erseh'n,
doch wozu sind die Knöspchen da, das kann er nicht
versteh'n.
Das Grübchen dort im runden Bauch, die blonden
Löckchen drunter,
das Böckchen schnaubt, ein Schauer läuft an seinem
Rücken runter.
Doch wo ist denn diiiie Stelle nur,
die, die das Glück verspricht?
Er äugt und saugt die Luft tief ein,
doch leider nützt das nicht.

Das Mädchen bückt sich plötzlich tief, ein
Blümchen abzupflücken.
Der Po erstrahlt im Sonnenlicht,
der gerade, weiße Rücken.
Es riecht am Blümchen, streichelt es und niest dazu
und lacht.
Das Böcklein sagt auf einmal „Ohh"... Es hat sich
nass gemacht.

Peter Schallje

Die Kirschbaumblüte

Tief dunkelbraun und winzig klein
an dünnen Zweigesspitzen
sieht man die Knospen gleichsam tot,
geduldig wartend sitzen.
Ein Wassertröpfchen, nun aus Eis,
umschließt den Mantel ganz,
ein roter, kalter Sonnenstrahl
verleiht ihm bunten Glanz.

Gefangen ist das Knöspchen dort
in seinem gläsern Sarg
und doch ist Leben in dem Kern
und wartet auf den Tag,
den Tag, an dem ein Sonnenstrahl
den Käfig warm erhellt,
bis er, wie eine Perle nun,
auf dürren Rasen fällt.

Es schwillt der Bach in der Natur,
es quillt der Saft hinauf,
dringt in die Knospe tief hinein
und weckt sie gänzlich auf.
Der enge Mantel weitet sich,
springt endlich vollends auf
und rosarot und hochzeitsweiß
drängt Blatt für Blatt hinaus.

Ein Blütenstern, ganz wunderbar,
lockt mit geheimen Düften,
die Biene kann nicht widerstehn
saust summend durch die Lüfte.
Sie ist es die nun Hochzeit macht
mit vielen, vielen Bräuten.
Lauscht nur ganz still, dann hört ihr es,
ein winzig, leises Läuten.

Es schwillt der Leib, es wächst die Frucht
wird Stund um Stunde reifer,
schon färbt sie sich in hellem Rot,
grad wie im Feuereifer.
Und immer schwerer wird die Frucht,
an dünnem Stiel jetzt baumelnd,
bis kugelrund und fast ganz schwarz
sie prall zur Erde taumelt.
Ins feuchte Erdreich dringt sie ein,
der Kreis sich endlich schließt.
Bis aus der Knospe dermaleinst,
ein neues Bäumchen sprießt.

Peter Schallje

Die Letzte Rose

Im kalten Wind steht noch die letzte Rose,
kein Sonnenstrahl sticht ihre Blüte auf.
Es ist als rufe sie: „Erbarm Dich meiner!"
Mit schwerem Herzen schneid ich sie vom Strauch.

Im Dunkelgrün der schlanken, gläsern' Vase
entfaltet sich die Blüte rosarot.
Ein zarter Duft umschmeichelt meine Nase,
am nächsten Morgen ist die Rose tot

War es ein Frevel sie vom Strauch zu schneiden,
wo später Herbst das Blühen ihr versagt?
Ich glaube, dass sie Dank mir sagen wollte,
auch wenn ihr Leben währt nur einen Tag.

Petra Block

Ostseestrand

Man hört so viel von Stränden aus aller Welt.
Weiße, schwarze, sogar rosa Strände soll es geben.
Der Sand hat überall eine andere Farbe.

Frag mal die Weitgereisten, wenn sie aus der Ferne
zurückkehren: „Und, wie war der Strand? Wie sieht
er aus? Wie fühlt er sich an? Wie riecht er und was
sagt er euch?"
Die Antworten sind wie Kitschpostkarten: „Schön
war er. Viel Sand. Flaches Wasser. Palmen. Toll!"

Ja, das denke ich auch. Bestimmt sind sie toll, die
Strände fern der Heimat. Exotisch, fremde
Schönheiten, die uns begeistern können.
Aber, haben sie auch so viele Gesichter wie zu
Hause?

Weich und warm, leise murmelnd, von alten Zeiten
erzählend, duftend nach Ginster und mit
feinkörnigem Sand.

Oder bedeckt mit Kieselsteinen in allen Größen,
rundgeküsst von den salzigen Lippen der Wellen,
Tag für Tag.

Oder rau, mit Schaum und Tang gesäumt, voller scharfkantiger Muschelschalen, kräftig riechend nach all dem, was das Meer ausspuckt.

Oder mit einer Düne, die zartbewimpert mit feinem Gras dir zuzwinkert im gleißenden Sonnenlicht.

Oder mit einer steilen Küste, so als solle sie dem Meer Einhalt gebieten, das brüllend in ihre Eingeweide beißt.

Was braucht es Palmen und fremde Musik, wenn mir die Ostsee erzählt, wie stürmisch ihre letzte Nacht war, wenn sie mir leise einflüstert, dass ich noch bleiben soll, mit nackten Füßen die feuchte Haut des Ufers streicheln darf.

Wenn das wettergegerbte Gesicht des Strandes sich mit einem Fischerboot schmückt und die krakeelenden Möwen lauthals neue Falten in sein Antlitz graben, dann wird die Sehnsucht in mir geweckt, nach noch mehr alten Geschichten von zu Hause, meinem Ostseestrand.

Christine Fiedler

Wolkengucken

Der kleine Timmi war ein aufgewecktes und fantasievolles Kind. Zum Geburtstag hatte er das lang ersehnte Fahrrad geschenkt bekommen. Nun brauste er bei jeder Gelegenheit mit seinem Rad durch die Gegend. Die kleinen Beine drehten flink die Pedalen und Timmi raste fast so schnell wie die Großen auf ihren Rädern.

Das Wetter war schön und die Sonne lachte vom strahlend blauen Himmel, ein paar schneeweiße Wölkchen segelten dahin.

„Wollen wir nicht mit dem Fahrrad an den Strand fahren", lockte Timmis Mutter. Zum Baden war es noch nicht warm genug, aber das magische Wort Fahrrad war gefallen und Timmi stimmte begeistert zu. Sie packten gemeinsam in ein Tasche Getränke, Kekse und eine Decke. Timmi schwang sich auf sein Fahrrad und strampelte los.

Gleich hinter den Häusern begann ein Feldweg. Durch frische, grüne Felder, duftenden Raps und an blühenden Hecken vorbei führte der Weg zum Strand.

Der Strand war noch fast menschenleer und sie suchten sich eine kleine Kuhle im weichen Sand. Die Decke war schnell ausgebreitet und Timmi und Mama warfen sich in die windgeschützte Mulde. Timmi rekelte sich behaglich auf der Decke. Er schlug die Beinchen übereinander, verschränkte die Arme unter dem Kopf und schaute gebannt in den Himmel.

„Ist dir eigentlich schon aufgefallen, dass am Himmel viele, viele Tiere entlang ziehen?" fragte er staunend seine Mutter.

„Nein, ich sehe nur Wolken", kam schläfrig die Antwort.

„Mama, sieh doch nur, da läuft ein Bär und daneben ein kleiner und da, da kann ich einen Elefant sehen."

„Hmmm..."

„Du musst mal richtig hinsehen, dann kannst du auch erkennen, dass er den Rüssel bewegt. Und da, dahinter kommt ein dickes Schwein. Die Schnauze und das Schwänzchen kann ich ganz genau erkennen. Mama, es macht jetzt sogar die Schnauze auf und will den Elefant beißen", Timmi stößt aufgeregt die Mutter an den Arm.

„Sag mal Mama,... können die Wolken auch vom Himmel fallen?"

fragte nachdenklich der Junge.

„Nein,...nein, die können nicht herunterfallen,...die sind eigentlich nur aus Wasserdampf", murmelte die Mutter und wollte lieber vor sich hindösen.

„Ach so, …aus Wasserdampf", Timmi schaute grübelnd in den Himmel.

„Aber ich sehe ganz deutlich Schafe, viele, viele Schafe. Große und kleine. Es werden immer mehr. Eine ganze Wiese voll. Mama, die fressen den ganzen Himmel ab."

„Ja, ja", nuschelte die Mutter, „das kann schon sein."

Timmi sah zu seiner Mutter, die mit geschlossenen Augen vor sich hin träumte.

„Mama, schläfst du?" fragte er vorsichtig.

„Nein, nein, ich denke nur nach und das geht mit geschlossenen Augen besser", sagte sie und machte ein wenig die Augen auf.

„Sag mal Mama, kann man auf den Wolken laufen?"

„Nein, wo denkst du hin. Ich habe dir gerade erklärt, dass die Wolken nur aus Wasserdampf sind und auf Dampf kann man nicht laufen."

„Ach so…, natürlich,… aber die Tiere am Himmel können das. Das verstehe ich nicht. Wenn da doch nur Wasserdampf sein soll…"

Timmi sah zur Mutter, die hatte schon wieder die Augen geschlossen.

Die Wolken wurden immer dichter und dunkler.

„Mama, jetzt kommen die schwarzen Schafe. Eine ganze Herde. Das sind aber fette Schafe,… Riesenschafe", Timmi starrte fasziniert in den Himmel. Die Wolken ballten sich bedrohlich zusammen.

Plötzlich klatschten dicke Regentropfen auf den Sand. Die Mutter sprang erschrocken auf.

„Oh, wie kommt denn das. Eben schien doch noch die Sonne."

Timmi strahlte seine Mutter begeistert an:

„Siehst du Mama, jetzt fallen die Wolken doch vom Himmel."

Lebenszeiten

Atem

lange angehalten

du wirst erkennen

alles verändert die Zeit

Leben

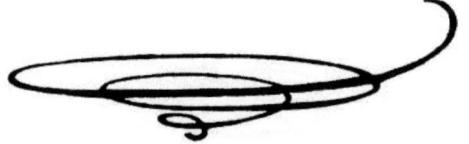

Christine Berning

Am Meer des Lebens

Den Wind auf der Haut nicht mehr gespürt,
der Sonnenaufgang die Seele nicht berührt,
kein strahlender Morgen die Hoffnung geschürt.
Das Leben an mir vorbeigezogen,
schnell und brausend wie die Wogen.

Dann, nach einem heißen Tag -
die Sonne fiel blutrot in das Meer,
und sie ging schöner auf als je vorher!

Nun spüre ich den Wind auf der Haut,
und die Wogen donnern laut,
mich rührt jeder Sonnenuntergang,
und die See hat einen neuen Klang.
Jeder Morgen ist nun Geschenk und voll Dank.
Jetzt hat das Leben mich wieder,
und das Meer singt mir seine Lieder.

Christine Berning

Eine kleine Caféhausgeschichte

Jedes Jahr nahm sie sich vor, die Weihnachtseinkäufe früher zu erledigen. Jetzt hetzte sie wieder an einem verkaufsoffenen Sonntag durch die volle Altstadt. Matschiger Schnee lag auf den Straßen, es war ein nasskalter Dezembertag. Ein Tag, um zu Hause gemütlich bei Kerzenschein Kaffee zu trinken. Aber sie hatte es ja nicht anders gewollt!

Menschen hasteten hin und her. Überall herrschte hektische Betriebsamkeit. Keiner hatte einen Blick für den anderen. Alle dachten nur an die vielen Dinge, die für ein schönes Weihnachtsfest noch erledigt werden müssten.

Auch sie versuchte einige Geschenke zu besorgen. Eigentlich wollte sich die Familie seit Jahren nichts mehr schenken. Wie immer wurde das nichts, eine Kleinigkeit lag dann doch unter dem Weihnachtsbaum. Sie hatte so gar keine Ideen, was nur kaufen?

Entnervt steuerte sie das erste Lokal in der Nähe an. Erst einmal ausruhen, einen Kaffee trinken und dabei die Gedanken und den Einkaufszettel sortieren. Beim Betreten des Caféhauses schien es ihr, als ob der Marienkirchturm etwas hämisch grinste. Ein freier Tisch war schnell gefunden. Nur keine Gespräche mit anderen Leidensgefährten, die konnte sie nicht gebrauchen! Bei Kaffee und Kuchen sinnierte sie vor sich hin, dabei bemerkte sie nicht, wie sich die Gaststube füllte. Eine Stimme holte sie aus ihren Gedanken. Ob hier wohl noch ein Platz frei wäre. Ein Herr aus Hamburg, wie sich in ihrem Gespräch herausstellte, nahm an ihrem Tisch Platz. Zwischen beiden begann eine sehr nette Unterhaltung. Plötzlich fragte sie der Mann, ob sie aus Wismar käme. Sie verneinte. Das wäre ihm schon aufgefallen sagte er, sie kommen doch sicher aus Berlin. Er lachte, ich nämlich auch! Nun war sie überrascht. Sie hatte geglaubt in all den Jahren das Berlinern verlernt zu haben und ein breites Mecklenburgisch zu sprechen. Sie fragte welcher Stadtbezirk? Antwort von ihm: Pankow. Großes Gelächter bei ihr, ich auch. Es fehlte nur noch die Straße. Beide riefen wie aus einem Mund, Trelleborger! Nun waren sie nicht mehr zu bremsen, es wurde ausgiebig in Kindheitserinnerungen gekramt. Begegnet sind sich beide wahrscheinlich nie, obwohl sie nur wenige Häuser weit auseinander wohnten. Die Kinder auf der Straßenseite mit den geraden Nummern spielten zusammen, die auf der gegenüberliegenden Seite gehörten zu einer anderen Clique. In ihren Gedanken tauchte der Junge vom Bolzplatz auf. Den hatte sie so angehimmelt, hielt er doch jeden Ball im Tor. War er es etwa? Wie auch immer.

Es wurde noch ein sehr schöner Nachmittag und ihre Gedanken an die Weihnachtseinkäufe waren wie weggeblasen. Erst am frühen Abend verließ sie beschwingt das Café, denn beide hatten sich viel zu erzählen. Der Marienkirchturm erstrahlte hell im Scheinwerferlicht. Einen Augenblick lang war ihr so, als würde er schelmisch zwinkern und sagen: Siehst Du, so schnell kann man den ganzen Weihnachtsstress vergessen.

Froh gelaunt ging sie nach Hause, dabei begleiteten sie die schönen gotischen Giebelhäuser ihrer Stadt. Berlin war ihre Vergangenheit und Erinnerungen wunderschön. Wismar war seit vielen Jahren ihre Heimat und Weihnachten feierte sie gerne hier. In diesem Jahr aber ganz gewiss ohne Geschenke!

Christine Berning

Ein fast perfektes Dinner

Es war wieder so ein Tag, den man unter der Rubrik „ganz schnell vergessen" ablegen sollte. Im Betrieb lief so ziemlich alles schief und sie freute sich nun auf den Feierabend mit ihm. Er würde sicher schon zu Hause auf sie warten, denn heute hatte er gesagt, h e u t e bin ich pünktlich aus der Uni zurück und werde für dich kochen. Sie wollten einen gemütlichen Abend in dieser hektischen Vorweihnachtszeit verbringen.

Erwartungsvoll radelte sie zu ihrer gemeinsamen Wohnung. Die vielen Stufen bis in die 4. Etage nahm sie trotz des anstrengenden Tages schwungvoll. Etwas atemlos schloss sie die Tür auf und ging gleich in die Küche, aber er war nicht dort. Enttäuscht stand sie da, wusste nicht weiter. Ihm war also die Arbeit wichtiger als sie, oder sollte es etwa eine Andere geben? Diesen Gedanken wollte sie nicht zulassen, jetzt nur nicht ins Grübeln kommen. Also beschloss sie einen Bummel durch die Stadt zu machen. Eventuell würde es ja noch die richtigen Schuhe geben, oder einen schönen Mantel? Sie ging die Stufen im Treppenhaus zögernd hinab, er könnte ja vielleicht im nächsten Moment kommen.

Auf der Straße fing sie die Geschäftigkeit der Großstadt ein, der Menschentrubel saugte sie auf.

Die weihnachtlichen Auslagen erweckten ihre Aufmerksamkeit, sie verlor sich im Anschauen schöner Dinge. Doch es konnten sie weder die schönsten Schuhe noch Mäntel überzeugen. Heute war nicht ihr Tag. Sie beschloss in der Konditorei um die Ecke ein großes Stück Schokoladentorte zu kaufen, um dann auf der Couch abzuhängen. Gesagt getan, sie ging schnell zur Wohnung, öffnete die Tür. Nanu, was war denn das? Herrliche Düfte stiegen ihr in die Nase, es roch wundervoll. Und in der Küche stand er, etwas aufgelöst, mit wirrem Haar und rotem Kopf. „Da bist du ja Liebste. Ich habe für dich thailändisches Huhncurry zubereitet. Musste nur vorher noch einiges einkaufen, Kochbücher wälzen und damit ich nichts falsch mache, habe ich noch einen Freund angerufen. Es hat doch länger gedauert, verzeih bitte."

Der Esstisch war mit Blumen und Kerzen festlich gedeckt. Einige Schalen und Tiegel waren ihr unbekannt, aber er sagte sie seien vom Nachbarn. Er hatte ein tolles 3-Gänge Menü gezaubert. Sie war total begeistert von seiner Kochkunst und sparte nicht mit Lob. Die interessantesten Geschmacksnuancen verwöhnten ihren Gaumen.

Und so wurde es ein schöner Abend und eine noch schönere Nacht. Sollten diese vielen exotischen Gewürze eine aphrodisierende Wirkung haben?

Am nächsten Morgen räumte sie gedankenverloren das Geschirr in den Spüler. In ihre Erinnerungen hinein klingelte das Telefon. Unwillig nahm sie den

Hörer ab, der Anrufer störte. „Hier spricht Luan von der ASIA-Longue. Ich wollte fragen, ob gestern alles zu ihrer Zufriedenheit war. Das würde uns sehr freuen, bitte empfehlen sie uns weiter."

Anja Grunau

Nie wieder Prosecco

Mit ihren selbst hergestellten Handtaschen hatte Carolin auf dem Wochenmarkt erste kleine Erfolge erzielt. Zudem war sie seit diesem Sommer glücklich verheiratet. Beschwingt machte sie sich auf den Heimweg. Gerrit empfing sie mit einem Strauß Rosen. Er gab seiner Gattin einen Kuss, gratulierte ihr zum Erfolg und versprach ihr diesen am Wochenende zu feiern, da er heute schon mit seinen Skatkollegen verabredet war.

Das schrille Klingeln an der Haustür riss Carolin aus ihren Gedanken. „Hallo Süße! Hast du Lust auf ein Glas eisgekühlten Prosecco?" Sie freute sich riesig über den unverhofften Besuch ihrer Freundin. „Hallo Britta! Komm rein!" Britta stellte den Korb auf den Boden und bewunderte die neuen Taschen. Carolin öffnete indes die Flasche und berichtete von ihren ersten Erfolgen auf dem Wochenmarkt. Britta schenkte ein und prostete ihr zu. „Auf noch mehr Erfolge!"

Nach zwei Gläsern fühlte Carolin sich auf einmal so sorglos wie schon lang nicht mehr. Vergnügt lächelnd schaltete sie das Radio ein. Sie war schon leicht beschwippst, zögerte etwas, doch dann erlag sie der Versuchung und ließ sich zu einem weiteren Glas hinreißen.

Obwohl Carolin absolut nicht viel Alkohol vertragen konnte, trank sie ein weiteres Glas. Dann drehte sie das Radio auf und öffnete das Fenster sperrangelweit, sodass man die Musik in der ganzen Straße hören konnte. Vom Rhythmus mitgerissen tanzten die Frauen ausgelassen und angeheitert um den Gummibaum. Dabei sangen sie jedes Lied mit. Ganz gleich, ob sie den Ton trafen oder was die Nachbarn dachten.

Der Nachmittag verging wie im Flug. Nachdem ihre Freundin sich verabschiedet hatte, ging Carolin in die Küche, weil sie Heißhunger auf Milchreis hatte. Sie füllte einen Topf mit Reiskörnern, gab etwas Milch dazu und stellte ihn auf die Herdplatte. Dabei vergaß sie jedoch den Herd anzuschalten.

Als Gerrit nach Hause kam, fand er seine Carolin schlafend im Wohnzimmer. Bevor er den Tisch abräumte, beschloss er, die im Aquarium lauernden Fische zu füttern. Komischerweise aber war die Dose fast leer. Einen Augenblick später sah er den Kochtopf auf dem Küchenherd stehen. Behutsam hob er den Deckel hoch und lächelte, als er den Inhalt sah. „Sag mal Caro, du wolltest doch nicht etwa Fischfutter anstelle von Reis kochen? Zum Glück war der Herd aus!" Carolin schreckte auf und bekam einen hochroten Kopf. Fortan waren alkoholische Getränke für sie tabu. Die junge Frau trank nie wieder Prosecco.

Ingeburg Kaschewski

Der schwarze Lord

Ein strahlender Spätfrühlingstag, mit fast hochsommerlichen Temperaturen, lag über unserem Bauernhof.

Im Garten stand eine schöne, große Zinkwanne voller Wasser, das die Sonnenstrahlen erwärmten. Über den bunt blühenden Blumen graziös verschiedenfarbige Schmetterlinge.

Christel, meine jüngere Schwester, und ich, seinerzeit knapp Vorschulkinder, waren vom Herumtollen und Spielen verschwitzt und Verschmutzt.

Da, mit einem Mal saß Christel frisch und fröhlich im Adamskostüm, eifrig Wasser planschend, in der Wanne.

Eins, zwei, drei eilte ich meine Schwester zu waschen.

Sie brüllte was das Zeug hielt.

Der stattliche, stolze Hahn warnte laut krähend, seine emsige, nach Würmern scharrende, bunte Hühnerschar.

Unser Großvater hörte das Spektakel. So schnell er konnte marschierte er, auf seinen Krückstock gestützt, schimpfend, mir mit dem Stock drohend, herbei.

Mir wurde Himmelangst. Als ob der Teufel hinter mir her wäre, rannte ich davon und versteckte mich in der Hundehütte.

Lord, unser schwarzer Schäferhund, zeigte meinem Großvater gefährlich knurrend sein kräftiges Gebiss. Brummelnd und schimpfend zog er ab.

Lord war mir stets ein echter Freund. Er rettete mich vor einer Tracht Prügel, die sich gewaschen hätte. Ich verstand die Welt nicht mehr, wusste nicht, warum Großvater so böse war. So gut hatte ich es gemeint, ich wollte meine Schwester doch nur sauber schrubben.

An die geschlachteten Pommerschen Gänse hatte ich mich erinnert, die ja auch blitzblank geschrubbt wurden, bevor sie im Verkauf angeboten wurden.

Ich hatte doch bloß den großen Schrubber genommen, weil der alles so schön sauber schrubbte.

Petra Block

Sie

Sie saß ganz allein an dem kleinen Tisch und blätterte in einem Buch.

Er hatte sie sofort entdeckt.

Gleich, als er durch die Tür kam, fiel sie ihm auf in ihrem roten Kleid.

Schön war sie.

Ein kurzer, frecher Haarschnitt umschmeichelte ihren Kopf. Pfiffige Strähnchen in verschiedenen goldenen Tönen durchzogen ihr sonst schlohweißes Haar.

Grazil nahm sie hin und wieder die Kaffeetasse in die Hand, um ein Schlückchen daraus zu trinken.

Das Buch fesselte sie so sehr, dass sie kaum die Augen hob. Dennoch bemerkte er, dass sie nur in die Fotos vertieft war, den Text ignorierte sie.

Er hielt es nicht länger aus. Ohne die Menschen an den anderen Tischen zu beachten steuerte er auf sie zu.

„Darf ich mich zu Ihnen setzen?"

Sie schaute auf und erwiderte freundlich: „Wenn Sie möchten."

Er nahm Platz, bestellte einen Kaffee und sah in ihr schönes Gesicht.

Sie schien kein bisschen schüchtern zu sein, sondern fragte ihn gleich wer er sei, und so entspann sich eine kleine Unterhaltung.

„Ich habe Sie hier noch nie gesehen, sind Sie das erste Mal hier?"

„Nun ja...", antwortete er zögerlich.

„Gönnen Sie sich doch öfter mal ein Tässchen Kaffee, die Bedienung ist ausgesprochen reizend."

„Ja?", fragte er, „sind die Damen hier nett?"

„Wundervoll, und sie plaudern auch gerne mit mir."

„Haben Sie zu Hause niemanden der mit Ihnen plaudert?"

Sie legte den Kopf etwas schief und seufzte „Ach - zu Hause..."

„Sind Sie verheiratet?" Er ließ jetzt nicht locker. „Haben Sie auch Kinder?"

Sie lächelte wieder so tiefgründig mit ihren immer noch leuchtenden Augen.

„Kinder sind wahre Schätze nicht wahr?"

„Oh ja.", sagte er und zog seine Brieftasche hervor. „Schauen Sie nur, das sind meine beiden Mädchen, schon lange erwachsen und Enkel gibt es auch."

Sie betrachtete die Fotos und schmunzelte. „Wie hübsch, und auch Sie, Sie sehen gut darauf aus, und eine nette Dame haben Sie an Ihrer Seite."

„Oh", sagte er. „Sie flirten ja mit mir. Wenn es Ihnen gefällt, dann behalten Sie es doch einfach. Wenn wir uns hier wiedersehen, dann bringen Sie Ihre Fotos mit und erzählen mir von Ihrer Familie."

Sie wischte das Lächeln von ihrem Gesicht und flüsterte: „Ich habe niemanden."

Er sah sie traurig an: „Nehmen Sie mein Foto, ich muss jetzt gehen. Auf Wiedersehen bis zum nächsten Kaffee."

Er ging zur Tür, dort wartete schon die Ärztin auf ihn.

„Wie war es heute?", fragte sie.

„Sie vergisst von Tag zu Tag mehr.", sagte er.

„Werden Sie wiederkommen?"

„Natürlich", sagte er. „Morgen und Übermorgen und jeden weiteren Tag. Ich liebe meine Frau."

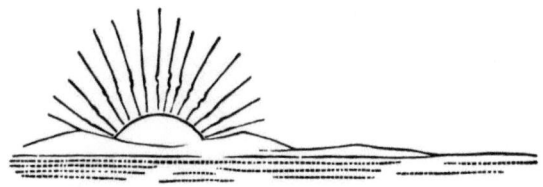

Christine Fiedler

Gefunden

Ein Hühnergott
am Strand
im Sand
in meiner Hand
ich wünsch mir was.

Bring mir bitte
ein Stück
vom Glück
zu mir zurück
ich hab dich gefunden.

Es ist doch nur
ein Stein
er war mein
jetzt ist er dein
ich schenk ihn dir.

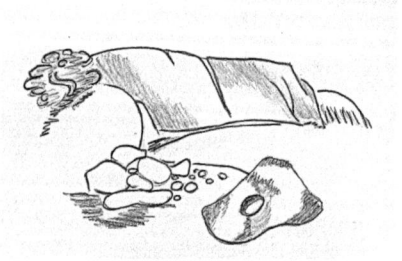

Traumzeiten

Nichts

ist wirklich

alles ist wahr

deine Gedanken schweben lautlos

Traum

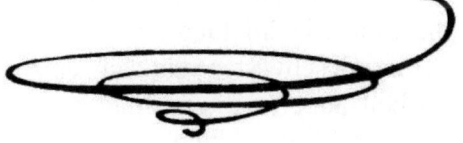

Anja Grunau

Abenteuer am Meer

Die Kinder Annabell und Felix waren sieben und zehn Jahre alt. Zum ersten Mal verbrachten sie den Sommerurlaub am Meer. Ihre Unterkunft war ein Fischerhaus am Timmendorfer Strand auf Poel. Der Tag war heiß. Rasch packten Annabell und Felix die Badesachen ein und gingen hinunter ans Wasser. In der Luft lag der Geruch von Seegras. Möwen kreischten in der Ferne. Vergnügt stürzten die Kinder sich in die Wellen.

Während Annabell von Seejungfrauen und einer Nixe mit blonden Haaren, samtgrünen Augen und pfirsichfarbenen Schwanzschuppen träumte, suchte Felix Schätze von Klaus Störtebeker und anderen Piraten. Dann steckte er seiner Schwester eine Qualle in den Badeanzug. Das Mädchen schrie auf und attackierte ihn aus Rache mit Seegras. So verging die Zeit wie im Flug. Im seichten Wasser entdeckten die Geschwister plötzlich einen leblosen Fisch. Annabell äußerte die Vermutung, dass böse Wassergeister im Meer spukten.

Ungläubig schüttelte Felix den Kopf. „Quatsch, du spinnst doch." Neugierig suchten sie den Strand ab. Außer Muscheln und Hühnergöttern fanden die Kinder nichts Ungewöhnliches. Plötzlich verdunkelte sich schlagartig der Himmel und eine starke Windböe fegte über den Strand. Die beiden versuchten sofort nach Hause zu flüchten.

Hinter ihnen zog eine dichte Wolkenwand heran. Es donnerte. Dicke Regentropfen prasselten hernieder. Völlig durchnässt und außer Atem erreichten Annabell und Felix das Fischerhaus. Dort hingen sie ihre nasse Kleidung und die Badesachen auf. Der Sturm brauste die ganze Nacht lang ohne Unterlass.

Am nächsten Tag schien wieder die Sonne. Am Strand wehte eine warme Brise. Annabell und Felix fanden weitere leblose Fische. Langsam gingen sie durch den feuchten Sand. Zitternd blieb Annabell am Wasserrand stehen. Noch immer glaubte sie, dass böse Wasserdämonen ihr Unwesen trieben. Derweil begab sich Felix auf Spurensuche. Er hatte eine giftige Seeschlange in Verdacht. Sie könnte für das mysteriöse Fischsterben verantwortlich sein. Prüfend wendete er jeden Seetang. Zu seiner Verwunderung stellte er dann fest, dass gar kein strenger Fischgeruch in der Luft lag. Was war hier los?

Annabell und Felix gaben nicht auf. Die Kinder beschlossen der kleinsten Spur zu folgen. Annabell zögerte etwas. Beim Gedanken an die bösen Wassergeister lief es ihr eiskalt den Rücken runter. Gerade tastete sich Felix durchs flache Wasser, da rollte eine große Welle herbei und schubste ihn um.

Panisch eilte Annabell ihrem Bruder zur Hilfe. Mühsam rappelte er sich hoch und gemeinsam gingen sie weiter. Mutig ergriff der Junge einen der bewegungslosen Fische. Er fühlte sich kalt und komisch an. Annabell erstarrte vor Schreck. „Lass ihn liegen!", schrie sie ihn an.

Felix hörte einfach nicht hin. „Du bist so ein Angsthase." Schließlich packte er den Fisch an den Flossen und hielt ihn seiner Schwester vors Gesicht. Die kleinen Detektive staunten nicht schlecht, als sie herausfanden, dass das gar keine echten Fische waren. Es waren von einer Wasserballparty übrig gebliebene Gummifische.

Anja Grunau

Heilkräuter und Pralinen

Es polterte in der Küche. Yvonne hatte Fenella in Verdacht. Bestimmt mixte sie neue Tinkturen. Seit die kleine, quirlige Kräuterhexe und ihr Rabe Alexius bei ihr lebten, passierten merkwürdige Dinge. Entweder war etwas verschwunden, oder Gegenstände schwebten durchs Haus. Nichts war mehr so wie vorher. Jede Kleinigkeit und jedes harmlose Geräusch rief sofort Fenella auf den Plan.
Fröhlich lächelnd stieg Yvonne die Treppe zum Garten hinab. Derweil goss Fenella ihre jungen Kräuterpflanzen. Bei der Ernte richtete sie sich immer nach dem Mondzyklus. Nebenbei zog Yvonne das lästige Unkraut heraus. Wütend fuchtelte Fenella mit dem Besen. „Krötenbein und Kreuzspinne! Lass den Ackerschachtelhalm und die Schafgarbe in Ruhe! Das sind Heilkräuter. Ihr Menschen habt keine Ahnung. Der Ackerschachtelhalm ist gut für Wunden und die Schafgarbe gegen Erkältungen."
Vor Schreck rührte Yvonne kein Unkraut mehr an. Stattdessen bewässerte sie den Brombeerstrauch. Gleichzeitig spürte sie einen stechenden Schmerz in ihrem rechten Fuß. Die Entzündung wollte partout nicht heilen. „Alles in Ordnung?", wollte Fenella wissen. „Ich kriege diese Entzündung im Fuß nicht

weg", erklärte Yvonne. „Weißt du, was ich tun könnte?" Fenella legte ihren Besen ins Gras. „Gut, dass du zu mir gekommen bist. Ich gebe dir eine Kamillensalbe. Die wirkt wahre Wunder. Deine Pflanzen könnte ich inzwischen gießen." Ahnungslos stellte Yvonne die Gießkanne ab.

Fenella schaukelte auf dem Jasmin. Ihre Augen funkelten. „Jetzt sollte ich dieser Menschenfrau zeigen, was wirklich gut ist." Fenella huschte ins Haus und schaltete ihren Hexencomputer ein. Nachdem sie gefunden hatte, was sie suchte, flitzte sie mit dem Kräuterbuch schnell wieder über die Veranda in den Garten.

Yvonne indes behandelte ihren kranken Fuß mit der Kamillensalbe und spürte eine wohltuende Wirkung. Aufatmend schaute sie über den Garten. Nanu, was hing denn da am Brombeerstrauch? Neugierig trat sie näher. Das waren echte Pralinen. Diese waren mit den unterschiedlichsten Kräutern gefüllt. Von Anis bis Zimt war alles dabei. Yvonne kam aus dem Staunen nicht mehr heraus.

Sie konnte nicht länger widerstehen und probierte eine nach der andern. Am besten schmeckten ihr die Pralinen mit Basilikum und Kresse. Davon naschte sie noch die nächsten Tage. Sogar ihre Nachbarin Luisa erlag dem Geschmack der Kräuterpralinen. „Hervorragend!", schwärmte sie, „bei Gelegenheit solltest du mir mal unbedingt verraten, wo du sie her hast." Yvonne lächelte geheimnisvoll.

Anja Grunau

Rätselhafte Flugobjekte

Die kleine Vanessa war acht Jahre alt. Sie machte
mit ihrer Familie ein paar Tage Urlaub in einem
Ferienhaus am Brocken. Für sie war der 30. April
ein Tag wie jeder andere, bis zu jenem seltsamen
Ereignis. Das kleine Mädchen schaute mit ihrem
Fernglas in den Sonnenuntergang. Plötzlich
entdeckte sie ein Flugobjekt, das größer war als eine
Fledermaus. Kurze Zeit später näherte sich ein
Zweites. Sogleich folgten weitere von ihnen.
Wie gebannt fixierte das Mädchen ihren Blick auf
die mysteriösen Wesen. All diese rätselhaften
Flugobjekte steuerten gezielt auf den Brocken zu.
Aus allen Richtungen kamen Gestalten mit
Kopftüchern und dunklen Gewändern auf einem
Staubsauger, einem Handfeger, Besen, Wischmopp,
Mistforken, sowie Ratten, Ofengabeln,
Ziegenböcken und anderen Flugutensilien herbei
geflogen. Einige ritten sogar auf einer
Gartenschaufel. Vanessa war so von den
Erscheinungen beeindruckt, dass sie nicht einmal
das Rufen ihrer Mutter hörte.

Die Mutter wollte gerade ihre kleine Tochter suchen
gehen, da kam sie angerannt und erzählte völlig
außer Atem und mit leuchtenden Augen von ihrer

Entdeckung. Ihr großer Bruder Pascal schüttelte den Kopf, „du spinnst ja." In der Abenddämmerung ging die Kleine raus auf den Balkon und hielt nach den wundersamen Wesen Ausschau.

Zu ihrer Überraschung erblickte sie einen hellen Feuerschein in der Ferne und beobachtete durch ihr Fernglas, wie sich die Gestalten rundherum versammelten. Der Vollmond schien und eine Eule schrie in den Bäumen. Lautes Gelächter drang an ihr Ohr. Sonderbarer Nebel stieg auf und legte sich wie ein Schleier über den Berg. An seinem Fuß waren gespenstischen Schatten, die um das prasselnde Feuer tanzten, zu sehen. Der Schrei der Eule ertönte noch einmal. Einen Moment lang war das Gelächter lauter als vorher. Ein eiskalter Schauer lief ihr den Rücken herunter. Was waren das für Wesen, die sich um die lodernden Flammen versammelten?

Selbst als sie schon im Bett lag, spukten die sonderbaren Figuren in ihrem Kopf herum. Dieser Anblick ließ sie einfach nicht mehr los. Das kleine Mädchen wollte unbedingt wissen, was es mit den rätselhaften Flugobjekten auf sich hatte, und warum sie zum Brocken kamen und um das Feuer tanzten.

Obwohl Vanessa am ganzen Körper zitterte, öffnete sie zur Geisterstunde das Fenster. Als sie erneut das laute Gelächter vernahm, das der Wind herüber trug, schloss sie das Fenster schnell wieder. Von Angst ergriffen kroch sie unter die Decke.

Leise öffnete Pascal am nächsten Morgen die Zimmertür und blies kräftig in seine Fußballtröte, um seiner kleinen Schwester einen Schrecken einzujagen. Er wusste, dass sie diesen grauenhaften Ton gar nicht leiden konnte. Vor Schreck erwachte sie aus ihrem sonderbaren Traum von der Walpurgisnacht und den Brockenhexen.

Ingeburg Kaschewski

Spuk in der Mühle

Es war an einem grauen, nasskalten Novembertag, da rief Bauer Hamann seinen Altknecht zu sich. „Hör zu, Hannes", trug er ihm auf, „spann die beiden Schwarzen ein, und fahre Korn zur Mühle rauf. Wir brauchen Mehl und Schrot auf Vorrat. Es kann frieren und glatt werden, dann ist der Weg zu gefährlich für unser wildes Gespann."

Nun war Hannes ein forscher, kräftiger Kerl, aber er war schrecklich abergläubisch. Vor der Mühle hatte er eine fast krankhafte Furcht. „Oben in der Mühle, da spukt es, da treibt der Teufel sein Unwesen.", behauptete Hannes immer. Und auch etliche Weiber und Männer im Dorf grauten sich vor der oft recht gespenstisch aussehenden Mühle. Bei Vollmond wirkte sie unheimlich geisterhaft. Viele im Dorf und aus der Umgebung meinten, dass es da oben nicht mit rechten Dingen zugehe.

Auch Bauer Hamann gehörte zu jenem, denen die Mühle nicht ganz geheuer war. Er ließ sich dieses aber nicht anmerken. Vielmehr machte er sich einen Spaß daraus, den Knecht immer wieder mit Fahrten zur Mühle zu beauftragen. Hannes bekam dann urplötzlich Magenkrämpfe oder Kopfschmerzen, bloß um ja nicht da hinaufkutschieren zu müssen. Doch diesmal half alles Lamentieren nichts. Der Bauer schalt ihn eine olle Bangbüx und befahl ihm anderntags zur Mühle zu fahren.

In der Nacht war das Land von einem schweren Herbststurm heimgesucht worden. Dächer hatte er abgedeckt, Zäune umgerissen und Bäume entwurzelt. Als Hannes am Morgen zum Mühlberg schaute, sah er nur drei Mühlenflügel in den Himmel ragen. Vom Vierten war fast die Hälfte abgebrochen. Düwelswark, war sein erster Gedanke, und dabei blieb er – Düwelswark!

Er versuchte noch einmal seinen alten Trick mit den Magenkrämpfen, doch vergeblich. Hannes musste die Pferde einspannen und losziehen. Unterwegs heulte der Wind durch die kahlen Baumkronen. Auf den Äckern hockten Scharen von Krähen, die dann und wann laut krächzend aufflogen. Da und dort tauchten auch Nebelschwaden auf. Plötzlich, er hatte es deutlich gesehen, schwamm ein Nachen durch den Nebel, auf dem ein riesiger Mann ohne Kopf hantierte. Hannes dachte an die Geschichten der Leute aus dem Dorf. Genau von solch einer Erscheinung hatten sie erzählt. Wo dieser Kerl sich blicken ließ, hieß es, sei auch der Teufel nicht weit.

Hannes wollte umkehren, doch urplötzlich war die Erscheinung wieder verschwunden. Hannes atmete auf. Er nahm allen Mut zusammen und fuhr weiter. Aber je näher er der Mühle kam, desto dunkler wurde der Himmel. Lichter flackerten um die Mühle herum, und Geschrei war zu hören, und Poltern und Krachen. Das war Hannes zuviel. Ihm stand der Angstschweiß auf der Stirn. Augenblicklich wollte er kehrt machen. Da aber, wie durch Zauberei geschehen, stand der Müller neben dem Gespann. „Na Hannes", rief er mit rauer Stimme, „lässt Du Dich auch mal wieder sehen?"

„Ja...a", stotterte der Knecht, „ich bringe K...Korn zum Mah...Mah...Mahlen."

„Was sonst?", lachte der Müller und griff in die Zügel des Gespanns, um es zur Mühle zu führen.

Hannes Angst legte sich ein wenig. An der Mühle begann er mit dem Abladen der Säcke. Er trug einen nach dem anderen hinein. Er war schon fast fertig, da glaubte er, seinen Augen nicht trauen zu können. Von der hinteren Wand der Mühle kam ihm ein Sack entgegengetorkelt. Ein richtiger Mehlsack. Und er schien nicht nur lebendig zu sein, sondern auch eine Stimme zu haben. Er gab ganz schreckliche Laute von sich. Mit einem Mal kippte er mit einem jaulenden Geschrei nach vorn, direkt auf Hannes zu, und verbiss sich in dessen Stiefel.

„Der Düwel!", schrie Hannes und schüttelte mit ganzer Kraft seinen Fuß um frei zu kommen. Er stürzte zur Tür und lief, wie vom Teufel geritten, aus der Mühle, hin zu seinem Gespann. Mit einem Satz war er oben auf dem Kutschbock und jagte Hals über Kopf mit dem Fuhrwerk davon.

Triefend nass und mit Schaumflocken vor dem Maul erreichten die Pferde den Hamannschen Hof. Der Bauer war wütend darüber, dass Hannes die Tiere so geschunden hatte. Er verlangte Rede und Antwort, doch was Hannes zu seiner Rechtfertigung vorbrachte, war immer wieder nur die Behauptung, den Düwel gesehen zu haben, den leibhaftigen Düwel, und zwar direkt in der Mahlstube des Müllers. In heillosem Durcheinander erzählte er von einem Mann ohne Kopf, von Irrlichtern, von hopsenden Säcken, vom Blöcken und Jaulen und das der Düwel ihn ins Bein gebissen hätte. Bauer Hamann schüttelte den Kopf. Er wusste nicht recht, ob an Hannes Gerede etwas dran war oder ob der alles nur ersponnen hatte.

Wenige Tage darauf trafen sich Bauer Hamann und der Müller in der Dorfkneipe. Nach ein paar Krügen Bier fragte Hamann den Müller: „Sag mal, was für ein Spukteufel treibt sich in Deiner Mühle herum? Der Hannes kam fix und fertig von Dir zurück und wollte mir erklären, dass bei Dir die Mehlsäcke herumhopsen würden."

„Ach jetzt verstehe ich, warum Dein Knecht so davon gejagt ist. Pass auf, das war so. Unser Ziegenbock ist neugierig in der Mühle herumspaziert und konnte es nicht lassen, aus den

Säcken mit Futterschrot zu naschen. Da er nicht hören wollte, musste er fühlen. Wilhelm, mein Geselle, steckte ihn kurzerhand in einen Sack und schnürte blitzschnell ein Band herum. Tja, und was Deinen Knecht in den Fuß gebissen haben soll, das kann nur Strolchi, unser Spitz gewesen sein, der die ganze Zeit den Ziegenbock gejagt hatte."

Bauer Hamann musste nun ebenfalls tüchtig lachen. Froh darüber, nicht selbst an solch einen hopsenden Sack geraten zu sein, spendierte er die nächste Runde.

Petra Block

Die kleinen Ünnerierdischen kommen zurück
Fortsetzung einer alten Wismarer Sage

Wie allgemein bekannt ist, haben vor einigen Jahrhunderten die kleinen Ünnerierdischen Wismar verlassen.
Sie waren Heiden und die Priester des Christentums hatten auch in der Wismarer Bevölkerung kräftig aufgeräumt, so dass die alten Götter mitsamt ihren Bräuchen ausstarben und das kleine Volk vernachlässigt wurde.
So zogen sie fort.

Nun hat es sich zugetragen, dass ein junger Künstler nach der letzten Jahrtausendwende ein altes Stadthaus in Wismar erbte. Dem Haus, wie auch dem Maler, sah man die Ärmlichkeit an und bei seinem Einzug besaß er nicht viel mehr als das was er auf dem Leibe trug, einen Kanten Brot und ein paar Dosen Bier.
Seine Freundin, ein fleißiges Ding, zog mit ihm in das Haus und hatte beim Anblick des verwilderten Gartens gleich die großartigsten Ideen von Heilkräutern, die sie anbauen wollte und alten Gemüsesorten, die unbedingt probiert werden mussten.

Vorerst allerdings legte man den Kanten Brot und die Dosen mit Bier in die Speisekammer im Keller des Hauses.

Weil aber sonst nichts weiter darin war, nahm sich der Anblick so wunderlich aus, dass beide herzhaft lachen mussten. Der junge Mann verbeugte sich tief und sagte scherzhaft: „Herrschaften, es ist angerichtet."

Den Abend verbrachten sie bei Kerzenschein, Zukunftsplänen und dem Gebet zu einem Gott den sie Cernunnos nannten, denn sie waren Heiden.

Damit das erste Frühstück in dem Haus nicht gar so trocken ausfiel, wurde am frühen Morgen noch rasch ein Stück Käse geholt. Der Maler stieg in den Keller um das Brot heraufzubringen und sah, dass es an einer Ecke ziemlich angefressen war.

„Na", sagte er, „da haben die Mäuse meine Einladung aber sehr wörtlich genommen. In diesem Haus haben sie wohl schon lange nichts mehr zu fressen gefunden. Arme Viecher, ihr sollt auch von dem Käse ein Stück haben." Sprach's und legte eines auf das Regal, denn er konnte alles Getier gut leiden.

So waren nun regelmäßig Nahrungsmittel angefressen, und man dachte nicht weiter darüber nach, bis eines Tages eine leere Bierdose Rätsel aufgab. Das konnten die Mäuse unmöglich gewesen sein, die Dose war verschlossen und dennoch leer.

Bei genauerer Betrachtung fiel ein kleines Loch am unteren Ende ins Auge. Ein herumliegender Nagel passte dort genau hinein.

Mann und Frau kamen zu keinem Schluss.

In ihrem Freundeskreis war man der Ansicht, dass die Mäuse wohl beim Herumtollen die Dose vom Regal gestoßen hatten, so dass diese zufällig auf einen Nagel fiel, ihr Inhalt langsam auslief und im sandigen Kellerboden versickerte.

Nun glauben Heiden aber nicht an Zufälle.

Das Paar legte sich also abwechselnd auf die Lauer, um zu ergründen was in ihrer Speisekammer vor sich ging. Sie sahen natürlich nichts.

Als sie die Hoffnung schon längst aufgegeben hatten, hörten sie eines Morgens seltsame Geräusche im Keller.

Aus einer Ecke klang es als schmatze jemand wohlig im Schlaf, ein kräftiger Rülpser ertönte und dann folgte ein tiefes Schnarchen.

Nun schien klar, dass ein Mensch ohne Obdach Unterschlupf gefunden hatte und man wollte ihn wecken.

Wie erstaunt waren sie aber, als sie in einer alten Kartoffelkiepe eine zusammengerollte Gestalt liegen sahen, die selig eine leere Weinflasche im Arm hielt und dabei nicht viel größer als jene selber war.

Sie zupften den kleinen Kerl an seinem Gewand und dieser sprang entsetzt in die Höhe.

Auf diese Weise ertappt erklärte er dem verblüfften Paar, dass er damals, als das kleine Volk auswanderte, zurückgelassen wurde. Seine Aufgabe war es, die Menschen in Wismar zu beobachten: Er sollte hier auf dem Posten bleiben und schauen wie sich die Lage entwickelte, und ob es nicht eines Tages möglich sein würde wieder freier zu denken und jeder Bürger seinem eigenen Glauben folgen könne.

Nach so vielen entbehrungsreichen Jahrhunderten sei ihm die Herzenswärme der neuen Bewohner sehr gut bekommen und ihm der ungewohnte Genuss von Wein und Bier wohl in den Kopf gestiegen. Er entschuldigte sich vielmals, bedankte sich artig für die Speisen, die der Maler und seine Freundin stets mit ihm geteilt hätten und auch an den Gebeten habe er großen Gefallen gefunden. Jetzt wäre es an der Zeit, seine Familie und alle anderen seines Volkes aus der Fremde zurück in die Heimat zu holen.

So kam es, dass die kleinen Ünnerierdischen nach Wismar zurückkehrten.

Der Maler aber verkaufte von Stund an jedes seiner Bilder und wurde sehr bedeutend. Das alte Haus konnte saniert werden und die junge Frau richtete im Erdgeschoss eine gut gehende Heilkräuterapotheke ein.

Die Stadt Wismar und ihre Bewohner hatten es nun in der Hand, an das blühende Leben und den Reichtum mittelalterlicher Zeiten anzuknüpfen.

Petra Block

IKEA

Vielleicht gibt es ja nichts, was über IKEA noch nicht gesagt wurde, sogar ein Krimi ist schon über das Haus geschrieben worden. Jedermann scheint alles zu wissen, IKEA ist in aller Munde.

Und doch, glauben Sie mir, es gibt ein Geheimnis, das Sie erstaunen wird.

Meine Familie und ich kamen dahinter, als wir an einem Samstag letzten Monat einen Nachmittag in dem bewussten Einrichtungshaus verbringen wollten.

Zunächst begann alles ganz harmlos, wir hatten auch die Großmutter mitgenommen.

Es war verwunderlich, dass sie unbedingt mitwollte, denn seit es keinen Konsum mehr gabt, mochte sie auch kaum noch einkaufen gehen.

Schön war es dort ja, vorausgesetzt, man liebt Schlussverkaufsatmosphäre, denn beschaulich einkaufen, ist bei 3 Besuchern pro Quadratmeter so gut wie unmöglich.

Wir ließen uns also durch die Gänge schieben und öffneten genau die Schränke und Schubladen, die die Leute vor uns gerade wieder geschlossen hatten.

Alles war offen, überall konnte man hineinsehen, sich hineinlegen oder draufsetzen. Tabus schien es keine zu geben.

Plötzlich hörten wir, wie eine Dame nach ihrem Vater rief. Anscheinend war dieser abhanden gekommen. Große Aufregung folgte, die IKEA Mitarbeiter brachten die weinende Dame weg, der alte Herr blieb verschwunden.

Ein großer Tumult brach los, und wir vernahmen, dass dieses schon öfter geschehen sei, und immer wieder gerade ältere Menschen hier verloren gingen.

Die Worte Mafia und Organhandel fielen.

Organe? Von 80 jährigen Menschen? Nonsens.

Wir maßen dem Ganzen keine Bedeutung bei und setzten unseren Bummel fort.

Ein großer viertüriger Kleiderschrank, versteckt in einer Ecke, weckte mein Interesse. Die Tür klemmte und so rief ich meinen Mann. Gemeinsam zogen wir am Griff und abrupt sprang sie auf. Ihr Inhalt ließ mich erschreckt zurücktaumeln.

In dem Schrank stand Großmutter, neben ihr der gesuchte ältere Herr.

Ich bat sie sich nicht kindisch zu benehmen und sofort dort rauszukommen.

War es mir in den letzten Monaten entgangen, dass sie senil wurde?

Sie wehrte sich entschieden und auch der unbekannte Herr machte keine Anstalten den Schrank zu verlassen.

Sie bat und bettelte, dass wir die Tür doch wieder verschließen sollten.

Nix da, wir zerrten sie heraus, gingen in die Cafeteria und gaben unserer Großmutter die Chance sich zu erklären.

Nun machte sie uns weiß, dass sehr viele ältere Menschen heimlich bei IKEA wohnten. Die Rente werde immer knapper, selten noch lebten mehrere Generationen unter einem Dach und sie vereinsame auch immer mehr. Eines Tages habe sie in der Stadt diesen netten, älteren Herrn getroffen, seine Geschichte gehört und gemeinsam hätten sie beschlossen auch bei IKEA einzuziehen. Tagsüber versteckten sich alle in überzähligen Möbeln, manche schliefen auch in Bettkästen. Des nachts, da hätten sie ein schönes Leben, mit nur einer einzigen Aufgabe, den Abwasch der Cafeteria zu erledigen.

Wir vermuten inzwischen, das IKEA mit der Bundesregierung einen Pakt geschlossen hat. Die Rentner bekommen immer weniger Geld, IKEA immer mehr Filialen in Deutschland, und dafür holen sie die alten Leute von der Strasse.

Das glauben Sie nicht?

Denken Sie doch mal nach. Kennen Sie ein zweites Möbelhaus, das so viele komplett eingerichtete Räumlichkeiten zeigt, und vor allem warum die so verwohnt sind?

Bei Ihrem nächsten Besuch, achten Sie bitte einmal auf verklemmte Türen und Bettkästen, und auf Ihre alten Leutchen.

Christine Fiedler

Ein Sommertagstraum

Schon am Morgen war mir klar, dass dieser helle Tag ein besonderer werden würde. Ich spürte das irgendwie.

Die Sonne nahm mich in ihre Arme und wärmte meine winterkalte Seele. So ein erster Sommertag ist Balsam für die Seele. Das Verlangen nach frischem Grün, Sonnenschein und Wärme war so unbändig nach diesem fast durchgehend kalten und verregneten Frühjahr.

Der ganze Körper lechzte nach Sommer.

Was könnte ich machen an diesem herrlichen Tag, dachte ich, der ist viel zu schön, um ihn mit Arbeiten zu verderben. Ach was, die Arbeit läuft nicht weg und da ich als Selbständige arbeitete, konnte ich es mir glücklicherweise einrichten. Also, nichts wie raus.

Da waren ja auch noch einige Dinge in der Stadt zu erledigen.

Ein wohliges Gefühl überkam mich. Ich könnte ...

Oh ja, ich werde mir endlich wieder ein großes Eis gönnen.

Die Dinge, die es zu erledigen galt, waren schnell getan.

Dann schlenderte ich gemütlich durch die Altstadt, betrachtete die Auslagen in den Geschäften und die Kleiderständer vor den Läden. Alles war so verlockend bunt und es roch sogar in der Stadt nach Blumen und Sommer. Die Leute schauten nicht mehr so verkniffen und hatten ein Lächeln im Gesicht und aus der Farbe grau war bunt geworden.

Ich bog um die Ecke zum Markt. Mir fiel wieder auf wie wunderschön er war, altehrwürdige Bürgerhäuser in hanseatischer Tradition standen zu drei Seiten und das wuchtige Rathaus nahm eine ganze Seite des Platzes ein. Die Augen tranken dieses Bild, als hätten sie es lange nicht gesehen.
Alle Gaststätten hatten ihre Tische und Stühle heraus gestellt.
Da, das Eiscafe, die Tische und Stühle standen unter riesigen Sonnenschirmen, wie immer im Sommer.
Zielstrebig steuerte ich einen freien Tisch am Rand an und ließ mich auf einen Stuhl fallen. Ja, hier würde mich so schnell keiner wegbekommen, dachte ich zufrieden und steckte meine vom Pflastertreten müden Beine unter den Tisch.
Ich bestellte mir einen großen Eisbecher mit Erdbeeren und Sahne. Hmm,..ich liebe Erdbeeren, wie ich die vermisst hatte.
Als der Eisbecher vor mir auf dem Tisch stand, betrachtete ich ihn erstmal behaglich voller Vorfreude. Ganz versunken starrte ich auf die Erdbeeren, die auf dem Eis aufgehäuft waren.

Plötzlich war eine Erdbeere verschwunden, wie von Zauberhand. Erschrocken richtete ich mich auf. Hör auf zu träumen und iss dein Eis, bevor es ganz und gar wegschmilzt, sagte ich mir. Die Erdbeere war bestimmt nur abgerutscht.

Auf einmal war da eine Delle im Eis, wo die Kugel vorher noch rund war.

Herr Gott, habe ich schon Halluzinationen? Die Erdbeeren wurden immer weniger. Das konnte nicht mit rechten Dingen zugehen, und ich fing an vor mich hin zu schimpfen. Meine gute Laune war vorbei.

Ich begann eilig meinen dahinschmelzenden Eisbecher zu löffeln, als ein feines Gekicher an mein Ohr drang. Ich drehte mich zum Nachbartisch um, aber die junge Frau und ihr kleiner Sohn waren mit ihrem Eis beschäftigt. Wieder war das Gekicher zu hören, ganz nah. Meine Güte, was ist das nur, dachte ich. Ich bin doch nicht verrückt.

Ich begann an meinem Verstand zu zweifeln... los, reiß dich zusammen.

Plötzlich hörte ich wieder dieses leise Lachen und vor mir auf dem Tisch stand eine kleine Person, ein Mädchen. Vielleicht 30 cm groß, mit blonden Locken und Schleifen im Haar. Sie hatte einen bunten Zipfelrock an, lachte über das ganze Gesicht und schlenkerte mit den Beinen. Sie lutschte noch an einer Erdbeere und leckte sich genüsslich die Finger ab.

„Nanu, wer bist du denn?", fragte ich. Blöde Frage, dachte ich, so kleine Menschen gibt es doch in Wirklichkeit nicht, das bilde ich mir jetzt nur ein und rede auch noch mit ihr.

Die Kleine lachte: „Ich heiße Matilda, aber du kannst Tilly zu mir sagen."

„Warum sollte ich Tilly zu dir sagen?"

„Na… weil wir uns doch schon so lange kennen und weil du so nett gewesen bist", Tilly nickte ernsthaft.

„So, ich kann mich aber gar nicht daran erinnern, dass wir uns kennen."

Die ganze Sache kam mir nicht ganz geheuer vor. Ich rede hier mit einem Miniaturmädchen, das auf meinem Tisch stand und mit den Händen die Erdbeeren aus meinem Eisbecher fischte. Vorsichtig schaue ich zu den anderen Gästen. Was dachten die über die Kleine und dass ich mich hier mit ihr unterhalte, als wäre das ganz normal.

„Du brauchst keine Angst zu haben, die anderen Menschen sehen und hören mich nicht. Bloß du. Nur wenn wir das wollen, können uns die Menschen sehen."

„Fein… und ich führe hier sozusagen Selbstgespräche. Wie stehe ich denn da?", ich fühlte mich zunehmend unwohl in meiner Haut.

„Könntest du mir mal erklären, wer ´wir´ sind? Und hör endlich auf mit den Fingern zu essen. Hast du dir überhaupt vorher die Hände gewaschen?" Tilly sah betreten auf ihre Hände.

"Ach… macht man das?… Jedenfalls sind sie jetzt sauber".

Sie wischte mit den Händen über den Rock und setzte sich bequem auf die Tischplatte.

„Du kennst doch bestimmt die Sagen von den `Ünnerirdschen`?", fragend sah mich Tilly an.

„Ja, aber der Sage nach haben sie schon vor hunderten von Jahren die Stadt verlassen. Du willst also damit sagen, dass du eine von den `Ünnerirdschen` bist? Das sind doch nur Märchen….", lachte ich.

„Du denkst, ich bin nur ein Märchen?", Tilly funkelte mich wütend an.

„Nein, nein… ich wollte dich nicht kränken, aber du musst zugeben, dass das alles ein bisschen merkwürdig ist."

„Warum merkwürdig? Nur, weil ihr Menschen nicht mehr an Märchen glaubt, soll es uns nicht geben? So einfach ist das nicht. Ich erzähl` dir unsere Geschichte: Meine Vorfahren sind vor vielen hundert Jahren von hier fortgegangen, weil sie mit den Menschen nicht mehr klar gekommen sind. Aber das Heimweh blieb und irgendwann wollten alle wieder nach Hause, in unsere Stadt. Und dann sind wir eines Tages losgezogen. Es war ein langer, beschwerlicher Weg, nun sind wir wieder da. Bloß…", Tilly machte eine Pause und druckste herum.

„Ich wollte dir doch erklären, woher ich dich kenne…also, als wir hier ankamen, war Winter und du kannst dich bestimmt noch erinnern, es gab sehr viel Schnee. Für uns eine Katastrophe. In der Stadt hatten die Menschen den Schnee an die Häuser geschoben, um die Gehwege freizuhalten, und die Kellerfenster waren zugefroren. Jedenfalls sind wir nicht in die Keller der Häuser gekommen, wo wir doch immer wohnten."

„Und dann…", eine böse Ahnung beschlich mich..

„… gingen wir in die Vororte. Die neuen Siedlungen waren sauber, der Schnee war von den Häusern weggeräumt und wir konnten in die

Keller gelangen. So ist meine Familie in dein Haus gezogen…", den letzten Satz murmelte Tilly ganz leise. Sie sah mich ängstlich an.

„Ich glaub das nicht, du hast in *meinem* Haus gewohnt?…Wieso hab` ich das nicht gemerkt?", ich war entsetzt von der Vorstellung, Wesen in

meinem Haus gehabt zu haben, von denen ich keine Ahnung hatte.

„Na, weil du uns doch nicht sehen kannst, wenn wir das nicht wollen", entgegnete Tilly „und du kannst mich jetzt sehen, weil ich mich bei dir bedanken wollte…auch wenn wir dich vorher nicht um Erlaubnis gefragt haben". Tilly schielte mich zerknirscht mit gesenktem Kopf an.

„Und zum Dank isst du mir aus dem Eisbecher die Erdbeeren weg und machst mich hier zu Gespött der Leute."

Ich drehte mich vorsichtig um und sah, wie der kleine Junge am Nachbartisch seiner Mutter etwas in das Ohr flüsterte und dabei mit seinem kleinen, dicken Zeigefinger immer wieder in meine Richtung in die Luft piekste. Die Mutter schüttelte den Kopf und sagte leise zu ihrem Sohn: „Manche Leute reden mit sich selbst, wenn sie Probleme haben, das ist nicht schlimm, die sind nicht verrückt...bloß ein bisschen durcheinander."

Na toll, dachte ich und drehte mich wieder zu Tilly: „Und wie habt ihr überlebt? Ihr musstet doch etwas essen. *Ich* habe euch doch nichts gegeben."

Vorsichtshalber rutschte Tilly aus der Reichweite meiner Hand und sagte: „Nein... aber da war ja genug und wir dachten, dass es nicht auffällt, wenn ein paar Kartoffeln und Gläser fehlen" und mit einem Lächeln „du machst übrigens ein sehr feines Apfelgelee und das Erdbeergelee mit Holunderblüten erst, hmm...nur dieses Gelee mit den Fusseln drin, das schmeckt ...also sagen wir mal...merkwürdig."

Ich schnappte vor Empörung nach Luft.

„Das war Birnengelee mit Grapefruit", sagte ich pikiert, "Tilly, willst du damit sagen, dass ihr von meinen Vorräten im Keller gelebt habt?"

Sie nickte schuldbewusst mit dem Kopf und rutschte noch ein bisschen weiter ab. Ich grübelte, das hatte ich tatsächlich nicht bemerkt. Ja, die Kartoffeln waren immer sehr schnell aufgebraucht, aber sonst…ich sollte wohl meine Marmeladengläser zählen, wenn ich sie in den Keller bringe.

„Die neuen Siedlungen sind schön für euch, aber es gibt nicht mehr viele Keller… in denen wir wohnen könnten… aber deiner war sehr wohnlich. Weisst du, ein Keller muss richtig unordentlich sein, er muss viele Nischen haben und allerlei Gerümpel muss abgelegt sein, dann ist er gemütlich. Und es muss etwas zu essen da sein. Bei dir war alles bestens.“

Hatte mir Tilly gerade erklärt, mein Keller sei unordentlich und enthält Gerümpel, ich glaub es nicht, und die wollte, dass ich Verständnis habe und dann machte sie mich und meinen Keller so schlecht?

„Ich hoffe doch, dass ihr inzwischen aus meinem Keller ausgezogen seid?“, das klang ungewollt frostig.

„Habe ich was Falsches gesagt? Ich wollte dich nicht kränken. Es hat uns bei dir sehr gut gefallen. Wir wohnen jetzt aber wieder in der Stadt, wo wir hingehören, in einem sehr schönen Rumpelkeller. Bloß die Dinge zum Essen gibt es dort nicht, die müssen wir uns von woanders holen.“

Ich bin irgendwie erleichtert.

„Es ist nett von dir, mir die Wahrheit zu sagen. Wissen die Leute, bei denen ihr jetzt lebt von euch?“, das interessierte mich dann doch.

„Nein, nein…natürlich nicht, aber ich glaube, dass in dem Haus niemand richtig wohnt. Es ist sehr alt und sieht nicht sehr schön aus. Aber für uns ist es perfekt… Aber du verrätst uns doch nicht?" Tilly sah mich unsicher an.

„Matilda….!", eine barsche, knarrende Stimme dröhnte neben mir.

Erschrocken zuckte ich zusammen.

„Matilda, wo bleibst du…?", das klang sehr verärgert.

„Oh, das ist mein Vater. Ich hatte die Erlaubnis, mich dir zu zeigen und mich bei dir zu bedanken, aber ich sollte gleich zurückkommen. Und nun ist es so spät geworden." Tilly schaute ängstlich hinter sich.

Ich drehte mich um, aber ich sah niemanden.

„Nein, mein Vater zeigt sich nie den Menschen.
Also auf Wiedersehen
und denk dran, du verrätst uns nicht!" Tilly lächelte unsicher , „tschüüüs…" Bei den letzten Worten war Tilly schon verschwunden.

Ich fühlte mich wie benommen und wusste nicht, was ich von dem, was ich eben erlebt hatte, halten sollte. Mein Eisbecher war leer und vielleicht hatte ich alles nur geträumt, ein Sommertagstraum?
Wahrscheinlich würde mir sowieso niemand glauben.
Das Eiscafe am Markt war nur vom alltäglichen Trubel umgeben.

Inhaltsverzeichnis

Christine Berning

Ich bin Jahrgang 1949, in Schwerin geboren und in Berlin erwachsen geworden. Später zog ich der Liebe wegen nach Wismar. Ob im Schulclub, in der Jugendgruppe des Betriebes, oder als Chronistin des Wismarer Bahnhofes, das Schreiben hat mich immer begleitet. Auch in der OZ sind Artikel von mir erschienen. Heute schreibe ich im Zirkel LeseZeichen Gedichte und Geschichten.

Petra Block

- geboren in Wismar, lebt immer noch dort
- schrieb schon als Kind liebend gern Aufsätze
- seit 2008 als Freie Autorin tätig
- hat inzwischen mehrere Bücher veröffentlicht
- veranstaltet regelmäßig Lesungen

Christine Fiedler

- geboren in Schwerin
- Schule in Berlin
- Studium in Dresden - Bauingenieur
- als Schülerin Gedichte geschrieben
- dann lange Zeit nur Fachtexte
- jetzt vor allem Kurzgeschichten

Anja Grunau

Geboren bin ich im Juni 1984 in Wismar. Von Geburt an bin ich sehbehindert und schreibe seit meiner Jugend. Seit 2008 engagiere ich mich im Schreibzirkel. Ein paar Jahre später nach meiner Ausbildung habe ich Seminare für kreatives Schreiben belegt und schreibe inzwischen gerne Geschichten für Kinder.

Ingeburg Kaschewski

Geboren wurde ich 1930 in Hinterpommern und landete als Vertriebene im Jahr 1945 mit meiner Familie in Mecklenburg. Schon früh gehörte ich dem Zirkel Schreibender Arbeiter an. In verschiedenen Zeitschriften und Zeitungen hatte ich bisher die Möglichkeit meine Geschichten und Gedichte zu veröffentlichen.

Peter Schallje

- geb. in Stettin, am 20.10. 1940
- 1955 nach Wismar gezogen
- als Dipl. Ing.- Maschinenbau gearbeitet
. zunächst Satirische Beiträge und Gedichte
- später der Lyrik zugewandt